CONTOS DA MINHA RUA

Este livro pertence a:

_____

_____

CB063013

Pierre Gripari

A BRUXA
E O DELEGADO
E OUTROS CONTOS

Ilustrações de Cláudia Scatamacchia

Tradução de Monica Stahel

martins fontes
selo martins

Esta obra foi publicada originalmente em francês com o título
CONTES DE LA FOLIE MÉRICOURT – LA SORCIÈRE ET LE
COMMISSAIRE ET AUTRES CONTES por Éditions Bernard Grasset, Paris.
Copyright © 1997 Éditions Grasset et Fasquelle através de acordo
com AMS Agenciamento Artístico, Cultural e Literário Ltda.
Copyright © Livraria Martins Fontes Editora Ltda.,
São Paulo, 2000, para a presente edição.

Publisher	Evandro Mendonça Martins Fontes
Coordenação editorial	Vanessa Faleck
Produção editorial	Cíntia de Paula
	Valéria Sorilha
Tradução	Monica Stahel
Revisão gráfica	Ivany Picasso Batista
	Ana Maria de O. M. Barbosa
	Pamela Guimarães
	Renata Sangeon

Dados Internacionais de Catalogação na Publicação (CIP)
(Câmara Brasileira do Livro, SP, Brasil)

Gripari, Pierre, 1925-1990.
  A bruxa e o delegado e outros contos / Pierre Gripari ; ilustrações de Cláudia Scatamacchia ; tradução de Monica Stahel. – 2. ed. – São Paulo : Martins Fontes - selo Martins, 2013.

  Título original: Contes de la Folie Méricourt : la sorcière et le commissaire et autres contes.
  ISBN 978-85-863-98-5

  1. Literatura infantojuvenil I. Scatamacchia, Cláudia. II. Título. III. Série.

13-03433   CDD-028.5

Índices para catálogo sistemático:
  1. Literatura infantojuvenil   028.5
  2. Literatura juvenil   028.5

Todos os direitos desta edição reservados à
Martins Editora Livraria Ltda.
Av. Dr. Arnaldo, 2076
01255-000 São Paulo SP Brasil
Tel. (11) 3116.0000
info@emartinsfontes.com.br
www.emartinsfontes.com.br

Contos da Minha Rua

Pierre Gripari nasceu na França, em Paris, no ano de 1925. É filho de mãe francesa e pai grego. Estudou letras e esteve no exército durante três anos. Em 1963 publicou seu primeiro livro, *Pierrot la lune*, que é uma história baseada em sua própria vida. Depois disso, escreveu peças de teatro, contos fantásticos, romances e histórias para crianças. Por volta de 1965 começou uma grande amizade entre o senhor Pierre e as crianças do seu bairro. Dessa amizade nasceram alguns livros que fazem parte desta coleção.

Cláudia Scatamacchia é de São Paulo. Seus dois avós eram artesãos. Cláudia já nasceu pintando e desenhando, em 1946. Quando criança, desenhava ao lado do pai, ouvindo Paganini. Lembra com saudade as três tias de cabelo vermelho que cantavam ópera. Lembra com respeito a influência do pintor Takaoka sobre sua formação. Cláudia recebeu vários prêmios como artista gráfica, pintora e ilustradora. São dela o projeto gráfico e as ilustrações deste livro.

Monica Stahel nasceu em São Paulo, em 1945. Formou-se em Ciências Sociais, pela USP, em 1968. Na década de 1970 ingressou na área editorial, exercendo várias funções ligadas à edição e produção de livros. Durante os doze anos em que teve nesta editora, como tarefa principal, a avaliação de traduções e edição de textos, desenvolveu paralelamente seu trabalho de tradutora, ao qual hoje se dedica integralmente.

ÍNDICE

A bruxa e o delegado — 9

O justo e o injusto (conto russo) — 29

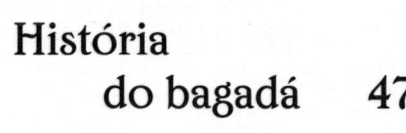

História do bagadá — 47

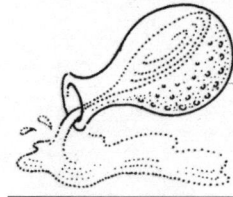

A água que torna invisível — 61

Puic e a melra — 77

A bruxa e o delegado

Eu moro numa rua bonita e interessante, cheia de casas. O dono de cada casa tem uma profissão. Então minha rua é cheia de profissões bonitas e interessantes.

*Tem um padeiro
que faz pão francês brasileiro.
Tem uma peixeira
que cria peixe na banheira.
Tem um afinador de piano
que faz piano bem fininho.
Tem um pedreiro
que faz pedra até de farinha.
Tem um encanador
que sempre me deixa encanado.
Tem uma passadeira
que passa a gente pra trás.
Tem um restaurante
que restaura um monte de coisa velha.
Tem um bombeiro
que faz bomba de creme e chocolate.
Tem um contador
que conta histórias de todo tipo.
Tem um lixeiro que lixa,
um canteiro que canta,
um massagista que faz massa,
um caseiro que casa,
um carneiro que vende carne.
Tem um cordeiro que faz corda,
um operário que opera.*

*Tem um corredor e uma corredeira,
muitas portas e uma porteira,
e, pra terminar, UMA BRUXA FEITICEIRA!*

No começo ninguém sabia que a bruxa era bruxa. Todo mundo pensava que ela fosse uma velhinha como as outras, só que um pouco mais despenteada. Ela também usava umas roupas esquisitas, mas isso não é crime. Estava sempre com o cabelo caindo nos olhos, tinha um único dente na frente da boca, uma corcunda nas costas e um pingo na ponta do nariz. Um pingo que não caía nunca.

Ela morava numa casinha rodeada por um jardim e com um portão de ferro que dava para a rua. Um belo dia, um táxi sumiu, um táxi todo azul com um motorista russo. Procuraram por todo lado, mas ninguém achou nem o homem, nem o carro. Mas na manhã seguinte todo mundo viu pelo portão, no jardim da bruxa, uma linda abóbora toda azul, e pertinho dela um ratão vermelho, sentado feito gente, todo elegante, com um quepe na cabeça.

Então as pessoas começaram a desconfiar. Dois dias depois, sumiu uma costureira: uma daquelas costureiras de antigamente, que trabalhava em domicílio, cerzindo meias, pregando botões e até fazendo vestidos novos quando as freguesas compravam o tecido. Pois ela sumiu!

Procuraram a costureira a semana inteira. No fim da semana, perceberam que a bruxa tinha arranjado uma aranha roxa, que estava tecendo lindas cortinas bordadas para a sua janela. Depois, no domingo seguinte, a bruxa foi à missa com um vestido muito bonito e novinho, feito de teia de aranha...

Dessa vez, as pessoas começaram a comentar.

No mês seguinte, desapareceram três pessoas: um policial, uma faxineira e um funcionário do metrô. Procuraram em todas as casas, vasculharam todos os porões, inspecionaram todos os esgotos e não acharam nada. Mas, no jardim da bruxa, apareceram três animais novos: um cachorro verde, uma gata amarela e uma toupeira cor de laranja, que não parava de escavar buracos.

Então as pessoas do meu bairro ficaram furiosas. Pegaram a bruxa e a levaram para a polícia. O delegado perguntou:

— Bruxa, bruxa, o que você tem no seu jardim?

— No meu jardim? — respondeu a bruxa. — Não tenho nada de mais.

Tenho rabanete e salsinha,
cenoura e cebolinha.
Tenho flores no canteiro
e muita ervilha-de-cheiro...

— Bruxa — disse o delegado —, não estou falando do rabanete nem da salsinha, da cenoura nem da cebolinha. Eu quero saber é da sua abóbora azul!

— Ah, o senhor quer saber da abóbora! Por que não disse antes? É um táxi que eu transformei...

— E por que você transformou o táxi em abóbora?

— Porque abóbora é uma coisa bonita, redonda, que a gente corta em fatias e põe na sopa. Abóbora tem cheiro gostoso, não faz barulho nem solta fumaça, não sobe na calçada, não consome gasolina e não atropela as pessoas...

— E o que você fez do motorista, bruxa?
— O motorista eu transformei em rato!
— Por quê?
— Para ele ser mais feliz, é claro!

— E quem foi que autorizou?
— Ninguém, mas se ele é mais feliz...
— O problema não é esse! Feliz ou não, motorista tem que continuar sendo motorista e táxi sendo táxi!
— Ora, por quê?
— Porque é assim! Mas não é só isso, bruxa. O que você tem na sua casa?
— Na minha casa? — respondeu a bruxa. — Nada de extraordinário!

Na frente, uma porta de entrada
que está ora aberta, ora fechada.
Como lá em casa vai muita gente fina,
no chão tem capacho pra limpar botina.
Tenho cama pra descansar,
mesa, armário e guarda-panelas,
uma cadeira pra me sentar
e além disso mais quatro janelas.

— É isso, as janelas! — disse o delegado. — Elas têm cortinas!

— Têm — disse a bruxa.

— E quem fez as cortinas?

— Foi minha fiel aranha roxa. Também foi ela que fez esta roupa que estou vestindo... Não é lindo o meu vestido?

— Isso não vem ao caso! Acontece que essa aranha é uma costureira que você transformou. É verdade ou não é?

— É verdade! Mas isso não muda nada. Ela continua sendo costureira.

— Não interessa! Você não tinha esse direito.

— Ora! Por quê?

— Mas não é só isso. E os seus animais?

— Também não tenho direito de ter animais?

— Só se eles tiverem nascido animais e se você pagar os impostos!

— Então os meus animais...

— Os seus animais não são de verdade! Seu cachorro verde é um policial!

— E daí? Ele não é sensacional?

— Isso não vem ao caso! Sua gata amarela é uma faxineira...

— E daí? Ela não é faceira?

— Não tem nada a ver! E sua toupeira cor de laranja também era gente!

— Pra cavar buracos ela é muito eficiente!

— Não tem nada a ver! Por favor, faça toda essa gente voltar a ser o que era. E o táxi também. E você vai para a prisão, para aprender a deixar as coisas como elas são!

— Droga! — disse a bruxa.

Mas não havia outro remédio. Ela transformou a abóbora em automóvel. Só que, como o rato tinha roído a abóbora, a carroçaria estava furada.

O rato vermelho voltou a ser um motorista. Só que o motorista não gostou, pois não podia mais comer o seu carro, e ele achava que ganhava muito pouco na sua profissão.

Depois a bruxa teve de transformar a aranha roxa, que voltou a ser costureira. Mas a costureira começou a choramingar, pois ela preferia tecer cortinas e vestidos a consertar roupas usadas. Além disso, precisava voltar a trabalhar para se sustentar, ao passo que na casa da bruxa bastava comer duas ou três moscas por dia.

A bruxa fez o cachorro verde voltar a ser policial, a gata amarela voltar a ser faxineira e a toupeira cor de laranja voltar a ser funcionário do metrô.

O policial ficou muito triste. Tinha acabado de conhecer uma cadelinha muito, muito cheirosa... Ele queria se casar com ela, mas como policial era impossível!

A faxineira começou a soluçar, gritando que era muito melhor ficar se limpando e se lambendo o dia inteiro do que passar aspirador e esvaziar cinzeiros em apartamentos que não eram dela!

O funcionário do metrô ficou desempregado, pois durante sua ausência tinha sido substituído por uma máquina eletrônica. Então ele começou a beber e a contar sua história desde domingo de manhã até sábado à noite. Ninguém aguentava mais ouvi-lo repetir cem vezes por dia os passeios que fazia debaixo da terra no jardim da bruxa.

Portanto, ninguém estava satisfeito.

E a bruxa, por sua vez, estava presa. Para ela não se aborrecer, quiseram fazê-la trabalhar. Primeiro mandaram a bruxa tecer cestos. Mas em suas mãos as fibras de vime se transformavam em bananeiras.

Depois mandaram a bruxa fabricar alpercatas. Mas, com a corda, em vez de fazer as solas ela fabricava serpentes que sibilavam mostrando os dentes.

Mandaram a bruxa bordar guardanapos. Mas, assim que ficavam prontos, os guardanapos se transformavam em florestas verdes, em campinas, em lagos, em lagoas, com peixes que nadavam, garças que pescavam e bois que iam beber água em suas margens.

Então todos perceberam que não havia trabalho que a bruxa pudesse fazer, e deixaram a coitada sem fazer nada. E ela foi ficando muito, muito aborrecida.

E as pessoas da minha rua também estavam muito, muito aborrecidas!

Numa rua onde os ratos são apenas ratos, onde os cachorros são apenas cachorros, onde os gatos são apenas gatos e onde as toupeiras, quando há toupeiras, sempre foram apenas toupeiras; numa rua em que as abóboras nascem abóboras, passam a vida toda sendo abóboras e morrem abóboras — numa rua assim tudo é muito sem graça!

Então eu resolvi libertar a bruxa. Primeiro escrevi uma carta ao Presidente da República. Peguei um papel, minha melhor caneta, usei minha letra mais bonita e escrevi assim:

Seu Prezidente,
solte a feiticera
pra rua intera
ficá contente!

Fui muito claro, correto e bem-educado... Mandei a carta e esperei, esperei, esperei. Mas o Presidente não respondeu.

Então tive a ideia de fundar um Partido político. Reuni todos os meus amigos num bar. Tive de pagar bebida para todos, senão eles iam embora. E fundamos o M. L. B., isto é, o Movimento pela Libertação das Bruxas.

Elegemos uma diretoria
trabalhamos noite e dia.
Escrevemos para a imprensa,
a mobilização foi imensa,
fizemos várias reuniões,
tomamos resoluções,
votamos muitas moções,
propusemos discussões.
Um relatório foi redigido,
mas que eu saiba nunca foi lido...

Finalmente me candidatei a vereador e, graças a uma propaganda maciça, recebi 0,1 por cento dos votos. Para começar, não estava mal... Mas não era suficiente para libertar a bruxa. Então dissolvi o Movimento e resolvi agir na clandestinidade.

Primeiro fiz um bolo bem grande e dentro dele escondi vinte centímetros de linha de costura e dez palitos de fósforo. Com isso, e usando suas fórmulas mágicas, a bruxa poderia fazer uma escada de corda, com a maior facilidade...

Mas os guardas eram espertos: cortaram o bolo, usaram a linha para pregar seus botões e os fósforos para acender seus cachimbos.

Então fiz outro bolo e colei por baixo dele duas peninhas do meu travesseiro. Com as penas, seria facílimo a bruxa fazer um par de asas e sair voando pela janela...

Mas os guardas tinham manha: viraram o bolo, pegaram as penas e as colocaram no chapéu, para sair no domingo. A bruxa comeu o bolo e até me escreveu agradecendo e dizendo que estava uma delícia. E ela continuou presa!

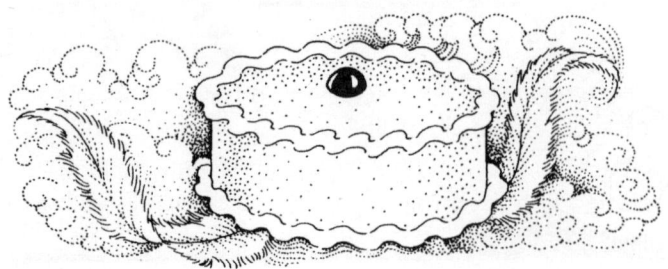

Então pensei, repensei e tive uma ideia: mandei para a bruxa um simples pedaço de queijo.

Os guardas pegaram o pedaço de queijo e o examinaram, consideraram, viraram, reviraram, pesaram, sopesaram, sondaram, escrutaram, olharam, farejaram, cortaram de comprimento, de largura e de atravessado. Por fim, os guardas entregaram o queijo à bruxa.

E a bruxa entendeu imediatamente o que devia fazer com ele. Pegou um dos buracos do queijo e o grudou na parede — formando um buraco na parede.

Depois ela pegou outro buraco e o colocou na porta — formando um buraco na porta.

Entre o buraco da parede e o buraco da porta, começou a soprar um ventinho. Então a bruxa pronunciou uma velha fórmula mágica que tinha aprendido com sua avó para se transformar em corrente de ar. E foi assim que ela fugiu...

Ninguém saiu para procurá-la, por um simples motivo: os guardas da prisão ficaram com tanta vergonha por terem deixado a bruxa fugir, que preferiram não dizer nada! Então a bruxa voltou para nós.

E lá está nossa grande amiga,
naquela casinha com quatro janelas.
As pessoas somem, mas ninguém liga,
pois todos sabem que é melhor para elas!
Ela transformou a cremeira
em vaca leiteira.

*Pegou o sapateiro
pra fazer um castanheiro.
Fez do pintor
um congelador,
e um velho mendigo
virou piano antigo.
O senhor vigário
hoje é um armário.
Um dia ela vai me pegar
e fazer de mim o que desejar.*

O justo
e o injusto

Era uma vez dois mendigos. A única coisa que eles tinham era um pedaço de pão cada um. O primeiro mendigo era justo e o segundo era injusto. Caminhando pela estrada, os dois discutiam.

— A justiça não enche barriga! — dizia um.

— Pode ser, mas é melhor ser justo — dizia o outro.

— A injustiça anda de carro e a justiça não tem nem sapato!

— Decerto, mas ainda assim é melhor ser justo!

Depois de uma hora de discussão, o injusto perdeu a paciência:

— Ora, você está me irritando! Escute, vamos pedir a opinião das três primeiras pessoas que encontrarmos. Se uma delas disser, como você, que é melhor ser justo, eu lhe dou meu pão. Mas se as três disserem, como eu, que é melhor ser injusto, você me dá o seu. Combinado?

— Combinado — respondeu o justo.

Eles andaram, andaram, e encontraram um camponês.

— Diga uma coisa, camponês, é melhor ser justo ou injusto?

O camponês respondeu, sem hesitar:

— É melhor ser injusto. Se você não enrola seu vizinho, acaba sendo enrolado por ele!

— Está ouvindo? — disse o injusto. — Um para mim.

— Mas é apenas um — respondeu o justo.

Continuaram andando, andando, e encontraram um padre.

— Diga uma coisa, padre, é melhor ser justo ou injusto?

— Ai, ai, ai, meus filhos! — respondeu o padre, suspirando. — A justiça é a coisa mais bela do mundo, pois ela vem de Deus... Mas, neste mundo, precisamos reconhecer que é melhor ser injusto do que justo!

— Ouviu? — disse o injusto. — Dois para mim!

— Mas são apenas dois.

Eles andaram, andaram, andaram, e encontraram um mercador todo vestido de preto. O mercador era meio estranho: tinha orelhas pontudas e peludas, sapatos com uma rachadura e, atrás, um rabo mais comprido do que sua calça... Mas os dois mendigos nem perceberam.

— Diga uma coisa, cavalheiro, é melhor ser justo ou injusto?

— Justo? — respondeu o mercador, erguendo as sobrancelhas. — O que quer dizer isso? A única coisa justa que conheço é a morte! O que é vivo só pode viver na injustiça.

E o diabo foi embora. Pois o mercador era o diabo, é claro.

— Você perdeu — disse o injusto. — Pode me dar seu pão.

— Pegue-o — disse o justo. — Reconheço que perdi, mesmo assim continuo achando que é melhor ser justo.

Ao ouvir essas palavras, o injusto encolheu os ombros.

— Ora, você é mesmo muito bobo! Prefiro nem responder!

Continuaram caminhando, agora sem dizer uma palavra. Por volta do meio-dia, eles pararam, sentaram debaixo de uma árvore, e o injusto começou a comer.

— Estou com fome — disse o justo.

Seu companheiro riu.

— Por que está me dizendo isso? Você sabe muito bem que eu sou injusto.

— Estou com fome — repetiu o justo. — Dê-me um naco de pão. Um naquinho.

— Só dou se você me deixar furar seu olho esquerdo.

O justo pensou um pouco.

— Tudo bem, aceito. Estou com muita fome.

Então o injusto tirou do bolso uma faca bem pontuda e furou o olho esquerdo do colega. Depois lhe deu um naco de pão. Quando terminaram a refeição, os dois mendigos se levantaram e voltaram a caminhar, em silêncio. No fim do dia, pararam de novo, e o injusto começou a comer o segundo pedaço de pão.

— Estou com fome — disse o justo.

— É mesmo? — respondeu o injusto, dando uma gargalhada.

— É, estou com muita fome.

— Só lhe dou um naco de pão se você me deixar furar seu olho direito!

— Mas então eu não vou mais enxergar!

— É pegar ou largar…

O justo refletiu.

— Pelo menos, quando eu ficar cego, você não vai me abandonar?

— Claro que não!

— Não vai me largar sozinho?

— De jeito nenhum!

— Vai ficar sempre comigo?

— Claro que sim!

— Vai me guiar?

— Claro!

— Então aceito.

Seu companheiro pegou a faca pontuda e lhe furou o outro olho. Depois, guardou a faca no bolso e, em vez de lhe dar o naco de pão prometido, levantou-se devagarinho e saiu andando.

— Ei, aonde você vai? — gritou o justo.

— Vou embora.

— Espere por mim!

— Não vou esperar coisa nenhuma!

— Mas você prometeu não me abandonar!

— É, prometi, mas não estou com vontade de cumprir minha promessa. Então você não sabe que eu sou injusto?

E lá se foi o injusto.

Dessa vez o justo ficou desesperado.

— Ele tem razão. Confiei na justiça, e a justiça me fez ficar cego. Pois bem, já que é assim, vou vender minha alma ao diabo! — ele decidiu.

Ele se levantou, saiu andando e encontrou um camponês.

— Diga uma coisa, companheiro, sabe onde posso encontrar o diabo?

— É fácil! — respondeu o camponês. — Siga este caminho até a floresta. Continue em frente até ouvir uma fonte. Perto dessa fonte há uma árvore grande. Deite-se debaixo da árvore e não saia de lá. É a Árvore do Inferno. Todas as noites os demônios se empoleiram nela para fazer a reunião do conselho.

O justo agradeceu e foi andando sempre em frente, sempre em frente. Logo que entrou na floresta, ele ouviu a fonte. Aproximou-se e, com a bengala, conseguiu achar a árvore grande. Deitou-se ao pé do tronco e não saiu de lá.

À meia-noite, de fato, ele ouviu barulho de asas. Eram os diabos que chegavam de todos os pontos do horizonte, para se empoleirar entre os galhos. Quando todos estavam presentes, um deles, que era o chefe, tomou a palavra:

— Companheiros — ele disse —, está aberta a sessão. Vamos começar verificando se foram cumpridas as tarefas que distribuí entre vocês ontem à noite.

E ele começou a interrogar um por um:
— Você aí! O que foi que você fez?
— Tentei um fulano.
— Muito bem. E você?
— Desgarrei a alma de uma fulana.
— Melhor ainda! E você?
— Eu ceguei a filha do rei — disse um jovem demônio!
— Que besteira! — disse o chefe dos diabos — Então você não sabe que a água desta fonte cura cegueira?
— Claro que sei. Mas o rei não sabe...
— Com o tempo todos ficam sabendo de tudo! Se quiser se tornar um diabo de verdade, vai ter que fazer alguma outra coisa. Trate de se sair melhor amanhã!

— Vou tentar...

— E você, aí atrás, o que você fez hoje?

Dessa vez quem respondeu foi uma voz conhecida:

— Eu estava passeando e tentei dois mendigos que estavam discutindo sobre a justiça e a injustiça. Disfarcei-me de mercador. Eles perguntaram minha opinião e eu respondi. O fato é que, no fim do dia, um deles furou o olho do amigo e o abandonou à beira da estrada...

— Excelente! — disse o diabo-chefe, todo satisfeito. — Ouviram, companheiros? É assim que se faz um bom trabalho!

O justo, enquanto isso, estava imóvel. Mal respirava e nem ousava dormir, pois tinha medo de começar a roncar. Além disso, estava muito interessado no que ouvia!

Durante todo o resto da noite, os demônios continuaram a discutir, a prestar contas de suas ações, a fazer críticas uns aos outros e a distribuir tarefas para o dia seguinte... Finalmente amanheceu, o galo cantou e eles saíram voando, do mesmo modo como chegaram, para todos os lados.

Assim que eles foram embora, o justo se levantou, foi até a fonte e bebeu um gole de água. Na mesma hora seus olhos se abriram e ele voltou a enxergar como antes. Então pegou o cantil, encheu-o de água e foi andando até a capital.

Naquela mesma manhã ele compareceu ao palácio.

— O que você quer? — perguntou a sentinela.

— Quero falar com o rei.

— Para quê?

— Posso curar a filha dele e fazê-la voltar a enxergar.

Ele foi levado ao rei.

— O que você quer, mendigo?

— Quero curar sua filha, Majestade.

— E, se conseguir curá-la, o que deseja como recompensa?

— Se conseguir curá-la, Majestade, quero me casar com ela.

O rei examinou o mendigo: era belo e forte, jovem ainda. Apesar de suas roupas esfarrapadas, não parecia bobo...

— Muito bem — disse o rei. — Se conseguir curá-la, poderá se casar com ela. Mas, se não conseguir, mandarei cortar sua cabeça!

— Combinado, Majestade.

Trouxeram a princesa e, diante de toda a corte, o mendigo a fez beber um gole da água de seu cantil. Imediatamente seus olhos se abriram e ela voltou a enxergar. Então ela pulou no pescoço do justo, abraçou-o com toda a força e lhe deu um beijo tão estalado que a cidade inteira ouviu o barulho! Depois disso, só havia uma coisa a fazer: casá-los o mais depressa possível!

Algumas horas depois, ao sair da igreja levando sua jovem esposa pelo braço, o mendigo transformado em príncipe viu em meio à multidão seu antigo companheiro, o mendigo injusto. Rapidamente ele ordenou a dois soldados que fossem buscá-lo. Ao chegar diante dele, o outro o reconheceu e caiu de joelhos:

— Cometi um pecado contra você! Perdoe-me!

— Levante-se e não tenha medo — disse o justo.
— Pode ser que você tenha pecado contra mim, mas na verdade não me fez nenhum mal, pelo contrário! Devo-lhe minha gratidão!

Ele o convidou para participar de sua mesa e, enquanto o injusto comia, contou-lhe tudo o que acontecera na noite anterior. Depois disso, ao se despedir, deu-lhe uma bolsa cheia de ouro e disse:

— Como você vê, é melhor ser justo!

Mas o injusto estava furioso:

— Ora! — ele pensou. — Esse idiota, esse bobalhão, esse imbecil, esse cretino vai ser príncipe e eu vou continuar mendigo até o fim de meus dias? Preciso me tornar mais rico do que ele!

No mesmo dia ele saiu da cidade e foi até a floresta.

Primeiro procurou a fonte e a encontrou.

Depois procurou a Árvore do Inferno. Também a encontrou.

Então se deitou debaixo da árvore e esperou anoitecer. Assim que soou meia-noite, ele ouviu barulho de

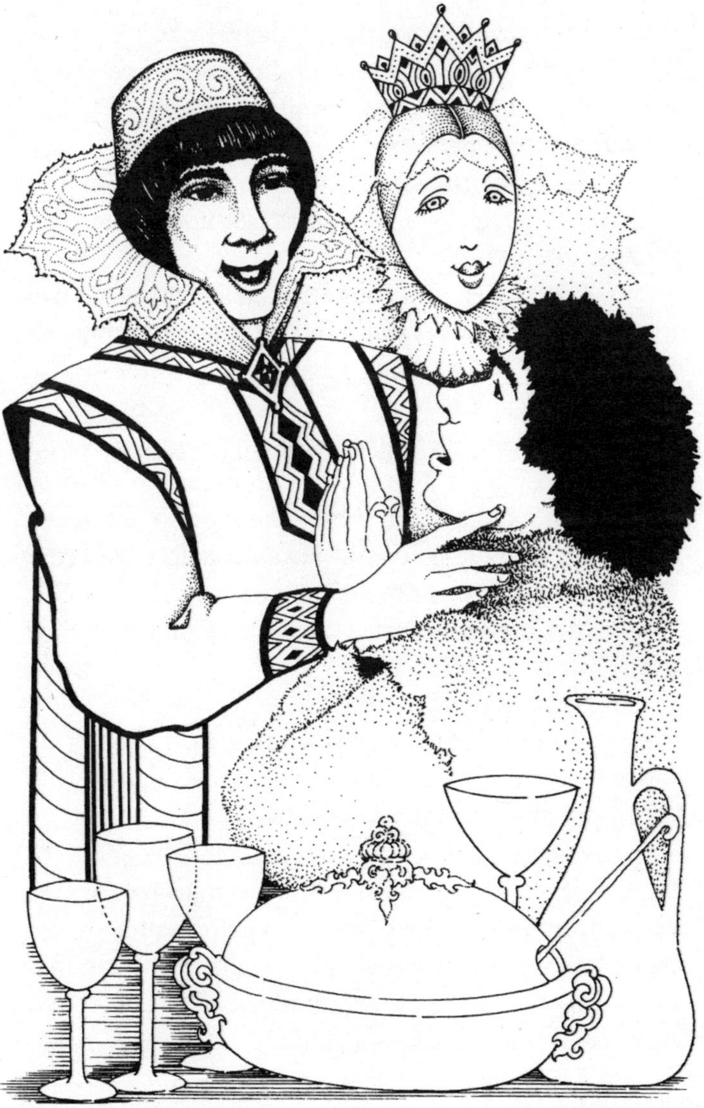

asas. Distinguiu vagamente os diabos que chegavam voejando de todos os pontos do horizonte e se empoleiravam nos galhos. Quando todos estavam presentes, o chefe tomou a palavra:

— Chegaram todos?

Então ouviu-se uma vozinha tímida, de um demônio subalterno:

— Desculpe, companheiro, mas antes de passar à ordem do dia eu gostaria de fazer um comunicado importante.

— Fale, companheiro, estamos ouvindo!

— É o seguinte: alguém, não sei quem, deve ter nos ouvido ontem à noite, pois o mendigo cego se curou com a água desta fonte. Além disso, ele levou um pouco de água no cantil, fez a filha do rei voltar a enxergar e se casou com ela no mesmo dia! Agora ele é príncipe, continua justo, e está perfeitamente feliz por ser justo!

Dessa vez o diabo-chefe se enfureceu.

— Isso significa que a vigilância diabólica de todos nós falhou! É preciso ver antes de falar! Verifiquem se ainda há alguém nos ouvindo!

Imediatamente os demônios saíram voando em torno da árvore, mais baixo, cada vez mais baixo, procuraram entre as folhas, inspecionaram entre os galhos, desceram até o tronco, até o chão, descobriram o mendigo injusto, todo encolhido, caíram por cima dele aos gritos e o despedaçaram.

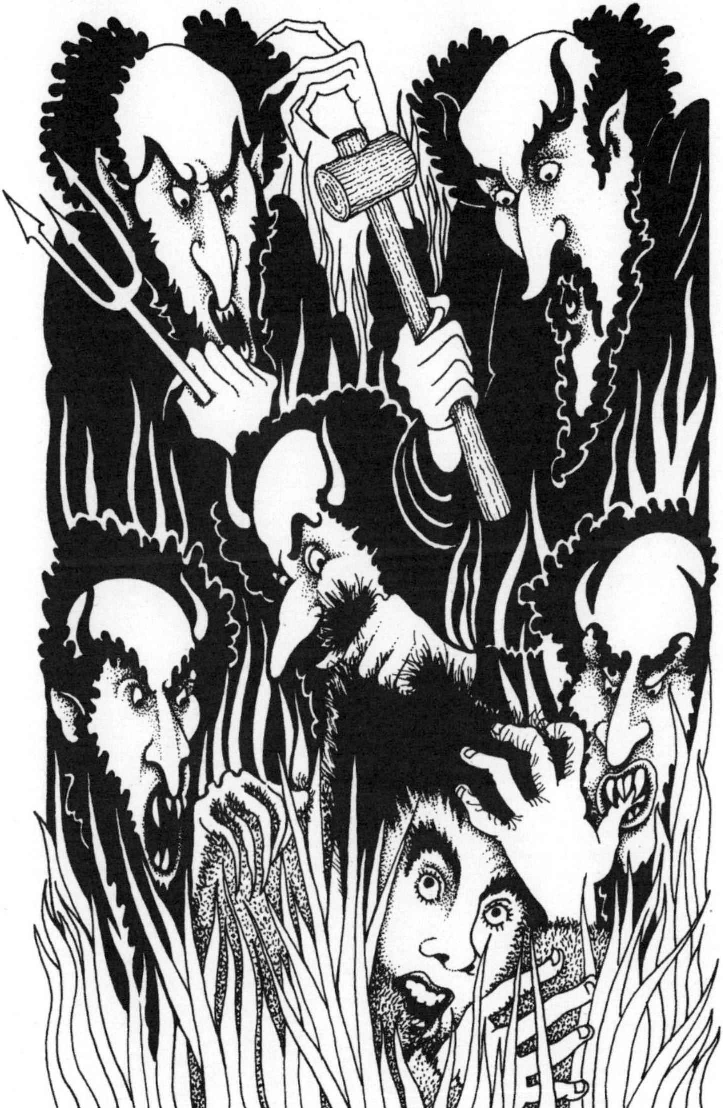

História do bagadá

Num prédio muito, muito grande do subúrbio havia um apartamento para alugar. Era um apartamento muito bem localizado, claro, limpo, mas tinha um defeito: era mal-assombrado.

Todo mundo sabe que, geralmente, as moradias mal-assombradas são palacetes, castelos ou velhas mansões. Neste caso, não era nada disso: o apartamento era novinho e muito modesto. Quero esclarecer que ele não era assombrado por um fantasma, como quase sempre acontece, mas por um demoninho, o que é muito diferente!

Fantasma se repete, faz sempre a mesma coisa, volta sempre ao mesmo lugar, na mesma hora e com a mesma forma. Além disso, ele é fantasma justamente porque tem remorsos, tem arrependimentos que não o deixam dormir. Fantasma é sem-graça, é triste... Diabinho, ao contrário, é divertido, é imprevisível, travesso e engraçado!

O nosso diabinho, verdade seja dita, não era muito mau. Quando o apartamento estava vazio, o diabinho perambulava por ele todas as noites, até amanhecer, sem incomodar ninguém. Quando o apartamento estava ocupado, ele acompanhava com atenção a mudança dos novos inquilinos, depois ficava quieto durante duas ou três semanas para estudá-los e ficar conhecendo seu modo de vida, suas manias, seu jeito, seus hábitos. Depois — crac! —, uma bela noite ele aparecia para lhes pregar um susto terrível.

Como é que ele agia? Vocês vão ver que esperteza! Em vez de quebrar a cabeça para inventar uma forma assustadora, em vez de ter um trabalhão para se disfarçar disso, daquilo ou daquilo outro, correndo o risco de dar errado, ele se limitava a ler no espírito das pessoas a coisa de que elas tinham mais medo. Então, naturalmente, sem fazer nenhum esforço, ele se transformava exatamente naquela coisa.

Pode parecer complicado, mas vou dar alguns exemplos e vocês logo vão compreender.

Certa vez o apartamento foi alugado a um homem que tinha lutado na guerra. Como todos sabem, guerra é horrível e muitas vezes deixa lembranças muito dolorosas. Assim, havia muitas coisas que aquele antigo militar não gostava de relembrar. Pois bem, o diabo apareceu para ele transformado num esqueleto de capacete, vestindo uma farda imunda... No dia seguinte de manhã, o apartamento estava vago de novo.

Outra vez, nosso demônio apareceu para uma professora de piano que não gostava de serpente. No entanto, não há nada mais simpático do que uma serpente. Sem fazer o menor esforço, ele se transformou numa linda cascavel, que saía de dentro da caixa do piano. A mulher desmaiou e, no dia seguinte bem cedo, ela foi embora levando suas partituras de piano, seu banquinho de piano e seu piano.

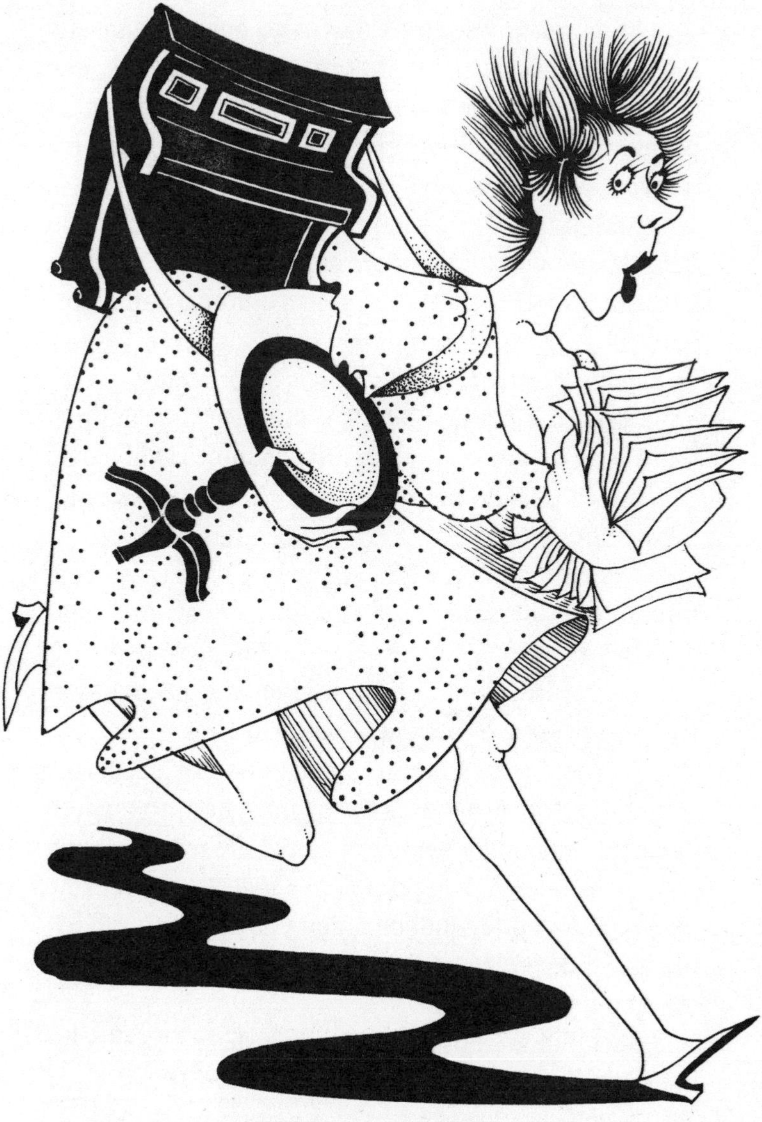

Uma outra vez ainda, havia no apartamento um menino que tinha medo de bruxa. Cá entre nós, que bobinho! Em primeiro lugar, menino nenhum precisa ter medo de nada; e depois, medo de bruxa, faça-me o favor! As bruxas são sempre adoráveis!

Mas é isso: o menino tinha medo de bruxa. Um belo dia ele viu um demônio se debruçar por cima de sua cama, sob a forma de uma velhinha simpática, que tinha o sorriso carinhoso, os olhos meio vesgos, os cabelos cor de fogo, as orelhas penugentas, um bigodinho em cima dos lábios e uma verruga maravilhosa bem na ponta do nariz em gancho... Dali a uma semana os pais do menino foram obrigados a se mudar de novo!

Mas, no ano passado, aconteceu uma coisa bem diferente. No apartamento veio se instalar uma nova família: pai, mãe e uma menina chamada Josete.

— No que será que essa gente vai me transformar? — pensou o diabinho, esfregando as mãos.

Durante o mês inteiro o danadinho os observou, ouviu, vigiou e acompanhou, mas não conseguiu chegar a nenhuma conclusão. Então ele resolveu agir.

— Vou tentar primeiro com a mãe — ele pensou.

Aquela noite, quando a dona da casa saiu do banheiro, crac!, ele apareceu na sua frente. A mulher olhou e fez uma careta:

— Olha só, uma barata — ela disse. — Preciso comprar inseticida.

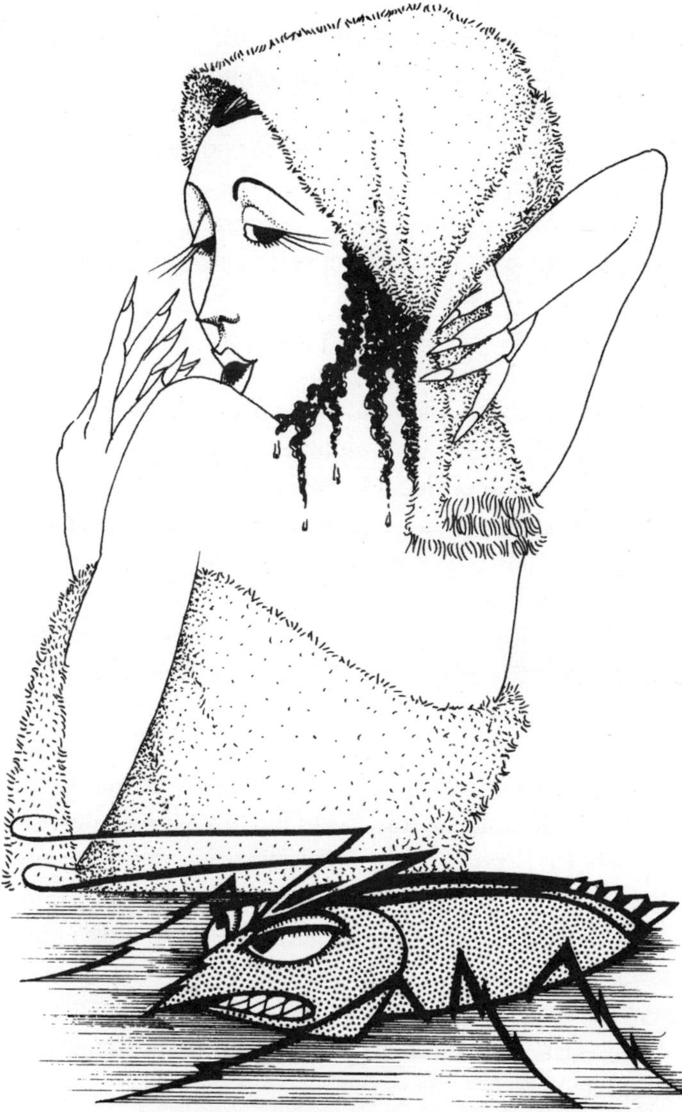

O demônio olhou para si mesmo... De fato, ele tinha virado barata! Pelo visto, a mulher não gostava muito de insetos, mas medo ela não tinha.

— Talvez eu tenha mais sorte com o pai — pensou nosso demoninho.

Na noite seguinte, no corredor, crac!, ele se pôs no meio do caminho do dono da casa. O homem o olhou e franziu a testa:

— Quem deixou esse percevejo cair no chão? Que perigo! A menina pode picar o pé!

O homem não teve medo por ele, só se preocupou pela filhinha. Que simpatia, não é mesmo?

Mas o diabo ficou furioso. Bateu o pé e dessa vez nem esperou o dia seguinte. Na mesma hora, crac!, entrou no quarto da menina e gritou bem alto:

— Ôôô!

Josete levantou os olhos... Ah, dessa vez deu mais certo! Ela empalideceu, escancarou a boca e falou baixinho:

— É você, Menino Jesus?

O diabo se olhou de novo... Ora bolas! Só faltava essa! Ele tinha se transformado em Menino Jesus!

— Er... pois é, sim, sou eu — ele disse, muito chateado.

— Oh! Como estou contente — disse a menina, saltando de alegria. — Diga uma coisa, o Natal é a semana que vem, não é mesmo?

— Er... sim, é claro — disse o diabo, que não sabia de nada.

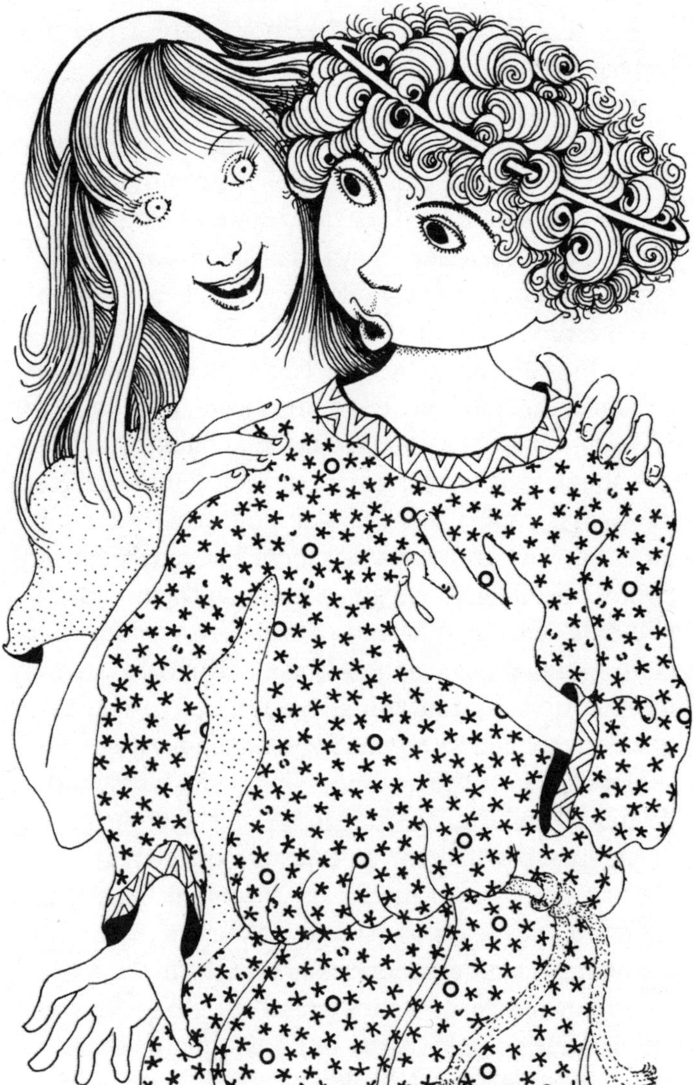

— Então, por favor, seja bonzinho! Traga-me um bagadá!

— Um o quê?

— Um bagadá, ora, você deve saber! Meus pais dizem que isso não existe, mas eu quero um bagadá.

O demônio quis dizer que não, mas foi impossível: era a menina que estava mandando. Josete podia fazer dele o que quisesse, ele era obrigado a obedecer!

— Tudo bem, tudo bem — ele disse, e sumiu.

Uma semana se passou. Não é preciso dizer que o diabo nem tentou arranjar um bagadá. Primeiro, ele não sabia o que era aquilo. Depois, também achava que aquela coisa não existia. Por isso, evitou aparecer diante da menina, para não se complicar mais ainda... Só que, como vocês sabem, os demônios são curiosos... Quando chegou a noite de Natal, o diabinho quis saber se o Menino Jesus — o verdadeiro, é claro — ia colocar alguma coisa debaixo da árvore: um instrumento, um animal ou um objeto qualquer que correspondesse ao que Josete imaginava que fosse um bagadá... Mas, como o diabo não queria topar de frente com o filho de Deus (eles andam brigados há algum tempo), resolveu esperar o dia clarear.

Finalmente, no dia 25 de dezembro de manhã, ele entrou devagarinho na sala... A árvore estava ali, verdinha, cheia de penduricalhos brilhantes e rodeada de um monte de lindos presentes... Só que cada um daqueles objetos tinha um nome muito conhecido: lápis, papel, caixa de pintura, livros, boneca, casinha de boneca, álbum de colorir, contas de fazer colar… Nada daquilo poderia se chamar bagadá!

Mais tranquilo, o diabo encolheu os ombros e se virou para sair, quando a porta se abriu. Ainda de camisola, Josete entrou correndo, seguida pelos pais. De repente ela se precipitou para ele, gritando:

— Oh! Que lindo bagadá!

A menina pegou o demônio no colo e o abraçou, acariciou, alisou e beijou... O que significava tudo aquilo? Nosso diabo se olhou... Droga! Ele tinha se transformado em bagadá! Um simples bagadá!

Mas não me pergunte o que é um bagadá. Eu não seria capaz de responder, pois nunca vi nenhum!

Então os pais começaram a rir:

— Ora, você não tem nada no colo! Bagadá não existe!

— Tenho sim! Tenho um bagadá! E um bagadá muito bonito! — respondeu a menina, muito decidida. E ela apertou mais forte o diabinho contra seu coração.

— Tudo bem, se isso a deixa feliz! — disseram os pais, para não a contrariar. E não insistiram mais.

Foi assim que um diabinho virou brinquedo de uma menina. Quanto a mim, espero que ele continue sendo por muito tempo e pare de assustar as pessoas!

Bagadá, o que é isso?
É bicho, brinquedo ou feitiço?
Minha mãe me olha espantada,
meu pai acha que estou pancada.
Bagadá, tragadá, tragadeira,
Bagadá existe, não é brincadeira!

Bagadá, palavra esquisita!
É coisa de casa ou é visita?
Quando estou triste bagadá me abraça
e num instante tudo passa.
Bagadá, tragadá, tragadeira,
Bagadá existe, não é brincadeira!

Bagadá é gigante ou anão?
Ora, deve ser pura invenção!
Ninguém vê o bagadá, só eu,
foi só pra mim que ele apareceu.
Bagadá, tragadá, tragadeira,
Bagadá existe, não é brincadeira!

A água que torna invisível

Talvez alguns de vocês se lembrem de uma história que escrevi em que eu falava de uma garrafa que era diferente das outras, pois ela continha uma água que tornava invisível. Se não me falha a memória, parece que até propus aos meus leitores que inventassem uma história sobre essa água... É verdade ou não é?

Ora, isso já faz muitos anos, e até hoje não recebi nenhuma resposta. Então eu pensei: azar! Já que vocês são tão preguiçosos, vou eu contar a minha história... E acredite quem quiser!

Aquele dia, no mês de dezembro, eu estava escrevendo à máquina, sozinho no meu quarto, quando de repente ouvi baterem à minha porta.

É preciso explicar que, quando eu escrevo, não gosto de ser incomodado. Então gritei:

— Quem é?

Uma voz trêmula respondeu:

— Abra, senhor Pierre! Sou eu, a bruxa!

A bruxa? Maravilha! Fui correndo abrir.

— Entre, minha senhora! Sente-se, por favor!

— Não, obrigada, não vou demorar. Só dei uma passada para agradecer!

— Agradecer o quê?

— Todas as histórias bonitas que o senhor conta a meu respeito.

Fiquei me perguntando se ela estava falando sério.

— Então a senhora não se importa que eu a ridicularize? Que eu a transforme em sapo? Que eu a chame de Miss Maldade, Miss Feiura, Miss Ruindade ou Miss Horror?

— Ora, de jeito nenhum, muito pelo contrário. Acho tudo isso muito engraçado! Assim, como prova da minha gratidão, agora que o Ano-Novo está chegando, vou lhe dar um presente. Diga-me do que o senhor gostaria.

Então comecei a pensar. Havia tanta coisa de que eu gostaria e que eu poderia pedir... Mas por onde começar?

— Vamos, vou ajudá-lo — disse a bruxa. — O senhor tem vontade de ser rei?

— Rei, eu? Ah, não! Por quê?

— Quer ser ditador?

— Menos ainda, que coisa horrível!

— Deseja se tornar ministro?

— Não, é muito triste... Além do mais, dá muito aborrecimento.

— Então deputado, quem sabe?

— O que faz um deputado?

— Não sei, mas pode ser que isso o atraia... Atrai ou não?

— Sinceramente, não.

— Nesse caso vamos procurar outra coisa. Vamos ver, vamos ver... O senhor gostaria de se tornar invisível?

— Ora, não brinque! Isso é possível?

— Claro, é só querer!

— Ah, isso eu quero, sim!

— Então, venha comigo até minha casa.

E a bruxa me levou à casa dela. Era um apartamento lindo, no último andar de um prédio novo, mas bem diferente dos apartamentos dos outros moradores! Por exemplo, em vez de quarto ela tinha um cemitério; em vez de sala de estar, uma floresta enorme em cima de uma montanha, com uma lua muito branca e brilhante; em vez de sala de jantar, ela tinha uma sala de magia; e, em vez de cozinha, um laboratório de alquimia cheio de destiladores, canos, tubos de ensaio e fornos.

— Está vendo aquela garrafa, ali, em cima daquele balcão? — ela disse. — Pois bem, é a água que torna invisível.

Eu estava vendo o balcão, lá onde ela mostrou, mas em cima dele não havia nada.

— Que garrafa? — perguntei.

A velha riu.

— É verdade, como eu sou boba! Esqueci que o senhor não podia vê-la. É que a garrafa também é invisível, claro, pois está em contato com a água...

— Mas a senhora está vendo a garrafa? — perguntei.

— Claro que estou vendo! Eu fiz para mim olhos que enxergam o invisível. Espere um pouco, vou buscá-la.

Ela foi até o balcão e, chegando lá, fez como se estivesse pegando um pedaço de ar.

— Venha. Pegue a garrafa. Cuidado para não deixá-la cair!

A bruxa me pôs nas mãos uma coisa dura, arredondada, fria e pesada, que parecia uma garrafa de vinho.

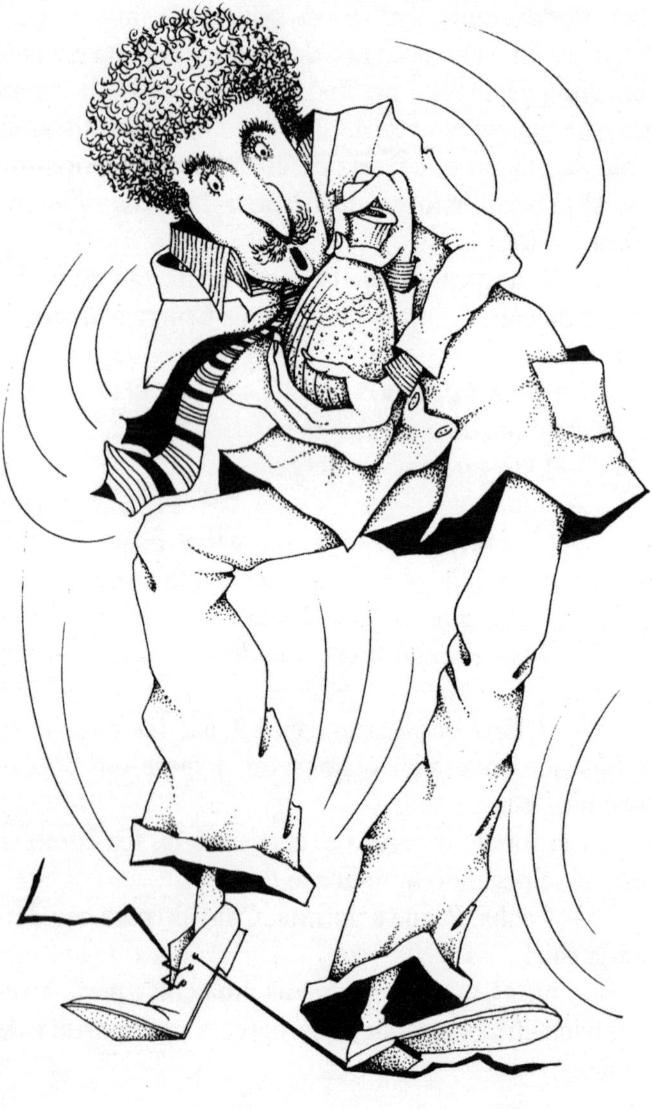

— Com uma única gota desta água, pode-se fazer um objeto se tornar invisível. Se o senhor beber um gole, vai se tornar invisível... Ah, mas tem uma coisa: tente sempre se lembrar do lugar onde deixou a garrafa, senão é bem capaz de nunca mais conseguir achá-la!

— Obrigado, dona bruxa. Quanto lhe devo?

— Nada, ora. Isso é um presente! Até logo!

Dizendo isso, ela fez um gesto e eu me vi na rua.

Que presente esquisito, não é mesmo? Agora, quando volto a pensar nisso, percebo que nada aconteceu por acaso... Mas confesso que na hora fiquei muito contente!

Então resolvi voltar para casa. Enquanto caminhava, para me distrair, fui imaginando as surpresas que ia fazer aos meus amigos quando estivesse invisível... e, principalmente, as peças que eu ia pregar nas pessoas de quem não gostava. Ia esconder as coisas delas, ia aparecer quando elas achassem que estavam sozinhas, ia me fingir de assombração, de diabo, de fantasma, ia fazê-las de bobas, deixá-las com raiva... Ei, o que foi que houve? De repente, quase caí!

Olhei e entendi tudo: eu tinha pisado com o pé direito no cordão do meu sapato esquerdo, que estava desamarrado... Droga, que perigo!

Então me abaixei, coloquei a garrafa delicadamente na beira da calçada e, para maior segurança, amarrei com todo o cuidado os cordões dos meus dois sapatos. Pronto! Mas, quando me levantei... onde estava a garrafa?

Vamos, calma. Eu tinha acabado de colocá-la no chão. Não podia estar longe... Olhei de um lado. Não, ali não estava. Olhei do outro. Também não estava. Talvez um pouco mais à direita... um pouco mais à esquerda... Fui apalpando, cada vez afastando mais as mãos...

Crac! Um barulho de vidro quebrando!

Não vi nada, mas entendi: a garrafa tinha caído da calçada e quebrado na sarjeta... Imediatamente vi um buraco enorme se abrir no asfalto: era a sarjeta que tinha se tornado invisível!

— Muito bem, que bela encrenca!

Levantei de um salto... era a bruxa! Fiquei morrendo de medo de levar uma bronca... Mas, que nada, ela nem parecia contrariada!

— Eu tinha certeza de que você ia fazer essa besteira — ela disse, com ar de satisfação. — Agora, com licença, afaste-se um pouco.

Eu recuei. Ela se agachou perto de mim e começou a mexer na sarjeta. Perguntei timidamente:

— A senhora é capaz de consertar a bobagem que eu fiz?

Ela respondeu, toda alegre:

— Não sou capaz de consertar coisa nenhuma! Só estou tirando os cacos de vidro invisível, para as crianças que vierem brincar aqui não cortarem o dedo!

Muita gentileza da bruxa, não é mesmo? Mas, enquanto ela lidava, percebi que suas mãos sumiram, depois seus braços, depois sua cabeça, depois ela inteira. Comecei a gritar:

— Dona bruxa, não estou vendo a senhora!

— Claro — ela disse —, pois estou tocando no vidro molhado! Agora volte para casa, não adianta ficar aí parado!

De fato, era o que eu tinha a fazer, pois o buraco na rua ia ficando cada vez maior, cada vez mais comprido, mais largo e mais fundo. Parecia uma trincheira escavada ao longo da calçada. Os curiosos já começavam a se aglomerar, a fazer perguntas, a falar em telefone, em bombeiros, em polícia... Saí de fininho, sem correr, para não chamar a atenção, mas o mais rápido possível!

Depois? Ora, vocês conhecem a continuação da história. Vocês a viveram, como eu, como todo o mundo... Não? Não mesmo? Então é porque vocês não têm memória!

Pois bem, no dia seguinte, ao ler o jornal, fiquei sabendo que havia um buraco enorme na avenida Lustucru, não muito longe da minha casa. Ou melhor, não era um buraco de verdade, pois dava para andar por cima dele, o chão continuava sólido... As pessoas que se aventuravam a passar por ele tinham a estranha impressão de estar andando no ar. Algumas sentiam tontura e desistiam, pois uma grande área do chão tinha se tornado transparente. Bem lá embaixo, via-se argila, rochas, alguns tesouros escondidos, canos de gás e de água, cabos elétricos, uma estação de metrô...

Nos dias seguintes, como a água mágica ia penetrando cada vez mais no terreno, todo o quarteirão se tornou invisível. Os moradores, coitados, chegavam em casa tateando, como cegos, tentando enfiar a chave na fechadura. Ao mesmo tempo o falso buraco foi se aprofundando até o limite do Inferno. Os que tinham vista boa ou bons binóculos conseguiam ver os diabos. Isso mesmo, é a pura verdade! Eu também vi, foi lindo, lindo! Não sei se vocês são como eu, mas tenho a maior curiosidade em ver diabos. Até mesmo no teatro, no cinema... sempre que passa um filme ou uma peça em que aparece o diabo, eu não perco.

Depois o Inferno também se tornou invisível, ao mesmo tempo que o buraco ia se estendendo na direção do rio Sena. Algumas semanas mais tarde, ao olhar para o chão via-se o céu azul com umas nuvenzinhas, muito longe... O olhar penetrava até o outro lado do mundo — que, para quem está na França, é o Pacífico Sul... Um amigo meu, na época, dizia que tinha visto pelo telescópio o buraquinho de um canaca, sentado numa praia, na Nova Zelândia ou algum outro lugar...

Mas, cá entre nós, acho que era mentira dele. O buraquinho de um canaca... só faltava essa! A uma distância dessas! Em primeiro lugar, ninguém nunca viu um buraco, seja ele grande ou pequeno, simplesmente porque buraco é justamente coisa nenhuma! Quando alguém diz que está vendo um buraco é porque está vendo o que há em volta do buraco.

Finalmente, a água do rio Sena se tornou invisível, e as pontes pareciam estar flutuando no espaço. A cidade de Paris desapareceu, menos a colina de Montmartre com a igreja de Sacré-Coeur, que ficou durante algum tempo suspensa no ar, como uma mesquita de sonhos...

Quando o lençol freático, isto é, toda a água subterrânea, ficou contaminado, as pessoas que bebiam água (quer dizer, quase todo o mundo) deixaram de enxergar umas as outras. Só alguns beberrões continuaram visíveis, mas por pouco tempo, pois as vinhas também extraem água da terra... No outono seguinte, o vinho novo estava invisível, e quem o bebia também ficava!

Enfim, depois de alguns meses não se via mais nada, nem a torre Eiffel, nem o Mont-Blanc, pois tinham sido apagados pela chuva e pela neve, que afinal são água evaporada, condensada e precipitada.

De dia só se via o sol, sem nenhuma nuvem. Durante a noite, que era sempre clara, só se viam a lua e as estrelas. No mundo todo as pessoas já não saíam de casa, pois tinham medo de se afastar demais e se perder. Já não havia trabalho, nem transportes, nem abastecimento... A humanidade ia acabar morrendo de fome, de miséria e de imobilidade!

Eu estava muito aborrecido, pois sabia que a culpa era minha. Felizmente ninguém sabia de nada, além de mim e da bruxa, é claro, e isso aliviava um pouco meu remorso... É triste dizer, mas é assim: na maioria das vezes o remorso é simplesmente medo da opinião dos outros!

Ainda bem que a bruxa teve pena de nós. Um belo dia, em dezembro (mas não do mesmo ano do início desta história), eu estava sentado, invisível, numa cadeira invisível, no meu quarto invisível, escrevendo um conto invisível em papel invisível em uma máquina de escrever invisível, quando ouvi perto de mim uma voz tremida e zombeteira:

— Olá, senhor Pierre! Que cara é essa? Queria que o senhor pudesse se ver!

Tive um sobressalto:

— É a senhora, dona bruxa?

— Sou eu, sim! Afinal, bem no fundo eu devo ser uma demônia bondosa, pois estou com muita pena de vocês todos. E estou vendo que, se eu não der um jeito, daqui a algumas semanas não vai haver mais nenhum ser humano vivo! Vamos, me dê sua mão!

Estendi a mão direita na direção da voz. Na mesma hora toquei em alguma coisa dura, cilíndrica, fria, rígida.

— Outra garrafa?

— É. Mas desta vez é uma água que faz enxergar o invisível. Beba um gole. Só um é suficiente.

Era suficiente, de fato. Mal eu tinha bebido e já comecei a enxergar meu quarto, a bruxa, eu mesmo e, pela janela, Paris adormecida.

— Oh, muito obrigado, dona bruxa! Pode me deixar esta garrafa, para eu fazer meus amigos beberem?

Mas a velha senhora protestou:

— Com você? Para deixá-la quebrar? De jeito nenhum! Eu mesma vou dar de beber a todo o mundo! Faça o favor de me devolver esse vidro! Até mais ver!

E ela sumiu.

Fiquei meio zangado, mas tive de reconhecer que ela tinha razão. Além do mais, eu não podia percorrer a Terra inteira para distribuir goles de água a todos os seus habitantes... Pois foi isso que ela fez! Não sei como, mas ela conseguiu! Deu de beber a todos os homens, mulheres, crianças, e a todos os animais: gatos, cachorros, cavalos, passarinhos, aranhas, tigres, ursos-brancos, insetos... Ela percorreu o planeta inteiro! E terminou o serviço em menos de um mês!

A partir de então, meus caros amigos, nós enxergamos o invisível. É o que estou dizendo: o invisível, ou seja, não só nós mesmos e o vasto mundo, mas muita, muita coisa mais!

Meu amigo... Vocês sabem, aquele meu amigo de quem eu falei, que dizia ter visto o buraquinho do canaca... Pois é, agora meu amigo diz que, olhando o céu de telescópio, ou às vezes até a olho nu, ele vê nitidamente os anjos, o Senhor Jesus, a Virgem Maria e o Bom Deus, que lhe sorriem afetuosamente...

Mas eu também me pergunto se é verdade. Por mais que eu olhe, por mais que eu arregale os olhos, não vejo nada parecido, mesmo lá bem no alto...

O que vocês acham? Será que devo consultar um oculista?

Puic e a melra

Na minha rua tem uma escola. Essa escola tem muitos alunos, entre os quais o meu amigo Puic, que acabou de fazer dez anos. Também tem uma professora, uma professora diferente das outras, pois ela é um pouco fada...

Mas isso eu só fiquei sabendo mais tarde.

Todos os dias, ou quase todos, eu via meu amigo Puic passar na calçada, carregando os livros debaixo do braço. Nós tínhamos até criado o hábito de nos cumprimentar, de trocar algumas palavras... Não passava disso, mas era simpático!

De repente, não o vi mais. Um dia, dois dias, três dias, uma semana inteira, nada do Puic!

Achei que ele tivesse ido fazer curso de inverno, ou curso de verão, ou curso de chuva, ou curso de tempestade, de enchente, de erupção vulcânica, de terremoto... e fiquei esperando sua volta.

No domingo seguinte, eu estava sentado à minha mesa, em frente da janela aberta, escrevendo à máquina uma história de diabo ou de bruxa, quando um melro entrou no quarto. Era um melro lindo, lindo mesmo, preto, distinto, com um bico bem amarelo. Ele pousou no meu maço de papel, me olhou de lado e fez:

— Tuit!

Os passarinhos de Paris não são tímidos. Mesmo assim, era a primeira vez que um entrava no meu quarto. Eu disse, rindo:

— Ei, caramba, você não é nada medroso!

— Tuit! — ele respondeu.

— O que é que você quer?
— Tuit!
— Está com fome?
— Tuit!
— Tuit sim ou tuit não?
— Tuit!
— Tudo bem, vamos ver!

Esmigalhei uma fatia de pão em cima de uma folha de papel e lhe ofereci. Ele bicou tudinho em menos de um minuto. Depois disse de novo: "Tuit!", e saiu voando. Achei que fosse voltar, mas o melro não apareceu mais. Em compensação, na segunda-feira seguinte voltei a encontrar o Puic.

— Olá, Puic, onde você andou? Viajando? De férias?

— Não, eu não saí de Paris...

— Então como é que não o vi mais?

— Viu sim! Aliás, muito obrigado!

— Obrigado por quê?

— Pela fatia de pão, domingo passado!

— Não! Não pode ser! O melro era você?

— É, o melro era eu! Tentei dizer, mas você não entendeu!

— Tentou como?

— Ora, eu disse: "Puic! Puic! Puic!"

— Ah, me desculpe, mas você não disse isso. Você disse: "Tuit! Tuit! Tuit!". É diferente!

— Você acha que é fácil dizer "Puic!" com bico de melro? Mas tudo bem, não importa!

— Diga uma coisa, como é que você conseguiu se transformar em melro?

— Ah, é uma longa história!

— É mesmo? Então me conte!

— Você não vai contar para ninguém?

— Ao contrário, vou contar para todo mundo! Vou até escrever!

— Num livro?

— Num livro!

— Com meu nome e todos os detalhes?

— Com seu nome e todos os detalhes!

— Tudo bem! Se é assim, concordo.

E aqui está o que o meu amigo Puic me contou:

Há quinze dias, quando eu era pequeno (meu amigo Puic acha que cresceu muito na última semana), quando eu era pequeno, eu era bobo, bobo, bobo! Eu não queria trabalhar. Claro, todo mundo às vezes fica sem vontade de pegar no pesado. Mas comigo não era uma questão de humor. Eu não queria trabalhar de jeito nenhum, nem hoje, nem amanhã, nem depois! A professora, é claro, dizia que o trabalho é necessário, que se ninguém trabalhasse a gente não teria o que comer, o que calçar, o que vestir, nem balas, nem brinquedos, nem televisão, nem cinema, nem revólveres, nem metralhadoras, nem bombas, nem automóveis, nem patins, nem coisa nenhuma... Mas eu não me convencia.

Na verdade, eu não me importava que os outros trabalhassem. Por que não? Se eles tinham vontade... Mas eu estava decidido a não fazer nada.

Um dia, na classe (isso foi segunda-feira da semana passada), a professora começou a insistir para a gente falar o que pensava da escola. Então eu me levantei e disse:

— Professora, eu quero contestar.

— É mesmo? — ela disse. — E você quer contestar o quê?

— A escola.

— E o que você quer contestar da escola?
— Tudo.
— Tudo mesmo?
— Tudinho!
— Pois bem, pode falar.

Não era fácil falar. Mas acho que me saí bem.

— É o seguinte — eu disse —, em primeiro lugar acho que a escola não devia existir. Para aprender o que é preciso, seria melhor a gente passear lá fora, cada um por si, com toda a liberdade. Podíamos aprender a ler com os anúncios, os letreiros de metrô, os cartazes... Escrever não serve para nada, pois há máquinas para fazer isso... Fazer contas também não, pois existem calculadoras e computadores... Quanto à história, o que interessa saber o que as pessoas fizeram antes de nós? É tudo passado, não adianta falar... E geografia também é inútil. Quando acontece uma guerra num país, a televisão diz tudo o que precisamos saber sobre aquele país e seus habitantes. E os países em guerra não são interessantes. Acho que a escola só serve para aborrecer.

A professora ouvia, muito quieta, sem me interromper. Quando viu que eu tinha acabado, ela perguntou:

— Tudo bem, mas o que você vai fazer quando crescer?
— Nada.
— Mas você vai ter de aprender uma profissão...

— Profissão para quê?
— Para ganhar a vida!
— Não é preciso trabalhar para viver...
— Na nossa sociedade é.
— Então é preciso mudar a sociedade. Veja os passarinhos lá no pátio: eles não têm dinheiro, não têm profissão, não têm trabalho, e mesmo assim vivem muito bem... Passam o dia inteiro só cantando!
— Tem certeza?
— É só olhar para eles!
— Então você gostaria de levar uma vida de passarinho?
— Por que não? Eles é que são felizes!
— Sabe que isso é possível?
— Possível? A senhora acha?

Nesse momento a professora me olhou de um jeito estranho. Não como alguém que está discutindo e quer ter razão, mas como alguém que está tramando alguma coisa. Ela respondeu:

— Posso transformá-lo em passarinho por uma semana, por exemplo. Assim, você vai poder experimentar como é essa vida. Depois você volta para nos contar tudo...

— É mesmo, professora?

— É mesmo. Você concorda?

— Concordo. Se minha mãe deixar...

— Então diga à sua mãe que vou conversar com ela hoje à tarde. — De fato, na mesma tarde ela foi à minha casa, falou com minha mãe, e minha mãe a autorizou a me transformar em melro, mas só por oito dias.

No dia seguinte, na classe, a professora disse:

— Pessoal, hoje vamos fazer uma experiência. Nosso amigo Puic, aqui presente, não quer trabalhar; nem agora, nem mais tarde, nem nunca. Como ele aceitou fazer uma exposição sobre as condições de vida dos melros, vou transformá-lo em melro. A semana que vem, ele voltará, nos descreverá suas impressões e... vamos ver se ele não irá preferir se tornar um homem e trabalhar como todo o mundo... Agora, Puic, venha até a lousa e não tenha medo.

Na verdade, eu estava com um pouco de medo... mas eu tinha falado demais e não podia voltar atrás diante dos colegas... Então fui até a lousa, a professora pronunciou algumas palavras em latim, em chinês ou em hebraico, não sei muito bem a diferença… E de repente eu me vi pequenino, saltitante e leve, com um lindo bico amarelo, que eu conseguia ver ficando um pouco vesgo: eu estava transformado em melro. Então fiz "Tuit!" e saí voando pela janela aberta.

Era muito gostoso. Apesar de não ter aprendido, eu sabia voar. Subia, descia, me inclinava para o lado e nem sentia tontura! Assim, dei várias voltas diante das janelas da classe para impressionar os colegas; depois, como não estava a fim de ficar o tempo todo no pátio da escola (já conhecia aquilo de cor!), ganhei altura, passei por cima do telhado e cheguei ao jardim público.

Passei a manhã toda voando, pipilando, saltitando, visitando os canteiros, os gramados, as flores…

No começo da tarde, como senti fome, lembrei-me de que àquela hora, todos os dias, um velhinho sai do restaurante e vai até lá para dar suas sobras de pão aos passarinhos da praça.

Ele foi, como sempre. Assim que o viram, todos os pombos e pardais se aglomeraram em volta dele. O velhinho começou a jogar as migalhas e de repente me viu:

— Veja só! Um novato! Chegue mais perto, garoto!

E jogou umas migalhas na minha direção. Mas não era fácil pegá-las! Aqueles pardais malandros roubavam a metade, os pombos me ameaçavam com o bico para me afugentar. Para que existe pardal? E pombo, então, aquele bicho sem-vergonha! Deviam comer todos!

Enfim, por aquela vez, graças à minha habilidade, à minha esperteza e principalmente à boa vontade do velhinho, pude me alimentar razoavelmente. Passei o resto do dia passeando, olhando as crianças brincarem na areia, ciscando aqui e ali algumas migalhas esquecidas. Quando a noite chegou, me empoleirei no beiral de um telhado e adormeci.

Então, no dia seguinte, eu a encontrei. Era uma melra cinzenta, de um cinza encantador, simples, listrado, modesto. Ela estava empoleirada num galho de plátano e, com o bico, ajeitava as penas do papo, com tanta graça e distinção que me apaixonei. Pousei perto dela e perguntei:

— Está sozinha, senhorita?

— Desculpe, cavalheiro, falou comigo?

Entendi imediatamente que se tratava de uma dama refinada e mudei de tom:

— Cara senhorita — eu disse —, desculpe-me se a incomodo, mas, vendo-a assim, melancólica e solitária, veio-me à mente que talvez não lhe desagradasse ter um companheiro bem educado, respeitoso, que a ama, que a adora... saiba que estive na escola, sei ler os cartazes, as placas de informação e até as etiquetas das mercadorias dos verdureiros. E ao vê-la não pude evitar que todas as paixões do amor...

E assim por diante. Tudo isso em linguagem de melro, é claro, que é uma linguagem muito galante, como vocês podem imaginar. Ela, por sua vez, me examinou da cabeça aos pés, com um arzinho sabido e crítico, com um sangue-frio notável. Por fim respondeu:

— Tudo bem, dá para tentar.... Podemos escolher uma árvore e morar juntos. O que o senhor acha?

— Como quiser, querida — eu disse (já me sentia no direito de chamá-la de você) —, como você quiser, contanto que eu esteja ao seu lado, para contemplá-la, para admirá-la...

— Então venha — disse ela, também me tratando de maneira mais informal.

E fomos procurar uma árvore. Parece fácil procurar uma árvore, simplesmente, para morar junto, mas na verdade é uma complicação! Percorremos mais da metade da avenida, começando pelo jardim público, até encontrar um lugar adequado. Cada vez que nos aproximávamos de um castanheiro, algum pássaro nos expulsava:

— Ocupado! Reservado! Aqui não há mais lugar!

No entanto, as árvores eram bem grandes e podiam muito bem comportar dois ninhos, até mais! Mas cada um queria a árvore só para si.

Finalmente vi uma árvore desocupada. Entrei depressa na sua copa, mas mal tinha me empoleirado e um outro melro me atacou, quase me derrubando do galho:

— É minha! É minha!

— É nada — eu disse —, eu cheguei primeiro!

— Mas a árvore é minha, eu a vi antes que você!

— Mentiroso — disse a minha melra. — Se vocês tivessem visto antes de nós, também teriam chegado antes! Vocês não viram coisa nenhuma!

— Ah, que atrevida! — gritou uma outra melra (evidentemente a companheira do outro melro). — É melhor calar o bico, sua melharuca, sua pintarroxa, sua pomba, sua...

— Pomba, eu? Repita!

— É isso mesmo! Pomba, pomba e pomba!

— Você não vai deixar que me insultem desse jeito, vai? — disse a minha melra, tremendo de raiva. — Esta árvore é nossa! Para começar, dê uma boa surra no melro enquanto eu cuido dela. Vamos expulsá-los daqui!

Confesso que eu não estava com muita vontade de brigar... Fui na direção do outro melro, que começou a bater as asas, esticou o pescoço e abriu o bico, gritando:

— Se chegar perto, eu lhe furo os olhos!

Ao ver aquilo, eu disse à minha melra:

— Esse sujeito é um bruto, um grosso. Vamos embora.

E a levei embora. Ela me seguiu contra a vontade, enquanto os dois riam maldosamente... Felizmente, o castanheiro seguinte estava disponível. Para dizer a verdade, não era tão bonito quanto o outro e sua copa não era tão densa. Mas ali, pelo menos, ninguém ia disputar o nosso lugar! Minha melra o inspecionou longamente, suspirando um pouco, depois se instalou numa forquilha, no cruzamento entre dois galhos, e me disse meio amuada:

— Tudo bem, azar! Vamos tentar nos arrumar... Agora vá me buscar uns raminhos!

— Raminhos?

— Isso mesmo, raminhos! Por acaso você acha que o ninho vai se fazer sozinho? Penas de pombo também, e fiapos de lã, se achar... Enfim, tudo o que servir para construir um ninho!

Perguntei, meio hesitante:

— Tem tanta pressa assim?

— Pressa? Ora, eu preciso botar meus ovos! Depois chocar! E depois alimentar os filhotes, quando eles nascerem!

— Mas eu amo você — eu disse. — Vamos ficar um pouco juntos, vamos? Nós mal conversamos! Ainda não lhe falei do meu amor!

Só que a melra não quis saber:

— Você me ama? Tudo bem, perfeito! Então faça o que estou mandando e vá buscar raminhos! O que está esperando? Vamos, depressa!

Tive de obedecer. Primeiro achei que fosse resolver o caso trazendo dois ou três galhinhos e deixando o resto por conta dela. Mas não foi isso que aconteceu. Assim que eu chegava com uma lasquinha de madeira, uma penugem ou um pedacinho de pano, já tinha de sair de novo para buscar mais. E a cada vez eram só críticas:

— Ah, até que enfim! Como demorou! Mas o que é isso, amigo? Enquanto você faz uma viagem, eu faço dez! Ah, não, assim não dá! O que é que vou fazer com uma porcariazinha dessas? Você não tem senso prático, mesmo! Vamos, deixe isso aí e trate de encontrar coisa melhor. E mais depressa, por favor!

Levamos dois dias para construir o ninho. Assim que ficou pronto, a melra botou os ovos e se pôs a chocar. Então precisei alimentá-la, e ela nunca estava satisfeita! Eu não tinha mais um minuto de descanso, passava o dia todo indo e vindo... E, quando eu tentava reclamar, ela dizia:

— Está achando ruim? Pois ainda não viu nada! Quando os filhotes nascerem, vão ser mais vorazes do que eu! Nós dois mal vamos dar conta de lhes trazer comida!

No fim, cansei. Quis trocar de melra, arranjar uma mais meiga, mais acomodada, mais carinhosa, menos autoritária... Um dia de manhã, na praça, num canteiro de gerânios, ouvi perto de mim uma vozinha que suplicava:

— Desculpe, cavalheiro, será que o senhor poderia me arranjar uma minhoquinha?

Primeiro não entendi direito e perguntei:

— Minha o quê?

— Uma minhoquinha, por favor. Estou com fome, sou tão sozinha... nenhum melro macho quis saber de mim...

Era uma melra, não muito bonita, para dizer a verdade. Aliás, de fato era muito feia... Mas achei que, talvez por isso mesmo, ela devia ser meiga e cordata, pois temia a solidão... Então lhe ofereci alguns insetos e ficamos conversando. Ela me ouvia com uma paciência incansável enquanto eu lhe contava minha história, me queixando amargamente do regime de trabalhos forçados a que minha companheira tinha me condenado. Ela suspirava, tinha pena, me consolava:

— Eu o entendo... O senhor é muito sensível... Ela não soube compreendê-lo, apreciá-lo... Como o senhor deve ter sofrido!

Dessa vez eu estava feliz. Tinha encontrado a alma irmã, uma passarinha amorosa, um pouco sem graça, mas muito delicada. Depois de vinte minutos, eu lhe disse:

— Vamos procurar uma árvore para morar juntos.

A busca foi difícil, mais difícil do que a primeira vez. Acabamos encontrando um plátano meio desfolhado... Depois que nos instalamos, eu quis dizer à minha nova melra algumas palavras carinhosas. Cheguei perto dela:

— Minha querida...

Mas ela me cortou a palavra imediatamente:

— Bem, a festa acabou. Vá me buscar uns raminhos!

Como a outra, exatamente como a outra!

Dessa vez entendi logo de início. Fui embora sem olhar para trás e voltei para aquela que eu tinha deixado.

— Pelo menos ela é bonita — eu pensava.

Então voltei à avenida, com uma bela mosca no bico, para ser perdoado... Avistei o castanheiro, minha querida companheirinha sentada em cima dos ovos. Voei, voei, cheguei, pousei, mas um outro melro se ergueu na minha frente:

— Ei, onde você pensa que vai? Este lugar está ocupado!

— Eu sei disso, pois é minha casa!

— De jeito nenhum, a casa é minha!

— Ora, qual é? Essa é a minha melra! Chegamos aqui juntos...

— Não é mais a sua melra, agora ela é minha! Dê o fora daqui!

— Ah, não! Isso é demais!

— Então não quer dar o fora?

Aquele animal era mais forte do que eu! E mais bravo também! Tentei discutir:

— Acontece, cavalheiro, que eu estava aqui antes do senhor...

— Pode até ser, mas agora quem está aqui sou eu!

— Não é justo, ouça o que estou dizendo... Vou dar queixa!

— Dar queixa a quem, bobalhão?

— Não sei, mas vou dar queixa!

— Tudo bem, pode ir!
Enquanto isso, fora!
E me dê essa mosca!

Dizendo isso, o estúpido me arrancou a mosca do bico e me empurrou para o vazio. O pior de tudo foi que a melra, que nos via e ouvia muito bem, ficou ali sem dizer nada, como se não tivesse nada a ver com o assunto. Então eu pensei:

— Preciso me explicar com ela.

Eu me afastei, esperei meu rival sair voando para ir procurar insetos e aproveitei para voltar ao ninho. Fui logo dizendo:

— É assim que você me defende?

— E por que eu haveria de defendê-lo? — disse a melra.

— Ora, eu sou seu companheiro, você mesma disse! Nós nos instalamos nesta árvore, esta é a sua árvore, a minha árvore, a nossa árvore, não se lembra?

Ela respondeu tranquilamente:

— Pois bem, se esta é sua árvore, trate de defendê-la.

— E você? Você é minha e sabe muito bem disso!

— Se eu sou sua, trate de me defender!

— Então quer dizer que você aceita pertencer a outro?

Dessa vez a melra me encarou de frente e disse:

— Escute aqui, meu caro: de uma vez por todas, eu pertenço a quem é capaz de alimentar e de proteger a minha ninhada. Se você é muito fraco ou muito covarde para defender seu ninho contra outro melro, como vai ser quando tiver de defendê-lo contra um corvo? Ou contra um gato? Ou contra um homem?

Eu preciso de um companheiro forte, ativo, ousado, corajoso, trabalhador, responsável! Um companheiro preguiçoso ou fracote não me serve!

Ainda tentei discutir, mas não adiantou. Depois de cinco minutos, como meu rival estava chegando, precisei fugir voando. Durante todo o fim de semana, levei a vida triste de um melro solteiro. Claro, vocês me dirão que eu podia dormir sem teto e me alimentar de insetos, sem falar no velhinho da praça... Mas os outros passarinhos, que tinham ficado sabendo da história, me perseguiam o tempo todo, pois não há nada mais fofoqueiro, mais desdenhoso e mais zombeteiro do que passarinho parisiense... Eles roubavam meu alimento, debaixo do meu nariz, chegavam até a se juntar para me arrancar comida do bico... E, quando o velhinho vinha, não me deixavam chegar perto dele!

Foi então que passei fome de verdade, e por isso, domingo passado, não hesitei em vir bicar as migalhas na sua mesa...

Não é preciso dizer que, segunda-feira de manhã, eu não via a hora de a escola abrir e pensava:

— Tomara que os professores não estejam em greve!

Assim que vi a professora, fui pousar no seu ombro. Ela entendeu na mesma hora:

— Ah, nosso amigo Puic! — ela disse.

Ela me fez entrar na classe com os colegas. Depois que todos se sentaram, eu pousei na frente da lousa, ela recitou o seu chinês de trás para diante, e voltei à forma humana... Naquele mesmo dia fiz minha exposição para meus colegas, contei toda a minha história... Estava com medo de que eles zombassem de mim, mas não. Compreenderam muito bem que era um assunto sério e até sentiram um pouco de inveja de mim, embora nem sempre eu tenha levado a melhor... Finalmente eu lhes disse, o que é verdade, que é mais fácil ser um bom aluno do que um bom melro e que estou muito satisfeito em ser um filhote de homem, mesmo que mais tarde tenha de trabalhar para sobreviver.

A professora teve uma atitude muito correta. Não tentou me pôr no ridículo nem dar lição de moral. Deixou-me falar até o fim e depois tivemos aula de matemática. Matemática é muito interessante, é só prestar um pouco de atenção!

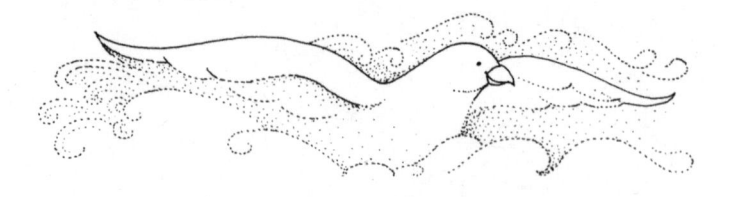

Essa foi a história que o Puic me contou. Não quero dar mais lição de moral do que a professora, por isso não vou acrescentar reflexões nem comentários...

2ª edição 2013 | **1ª reimpressão** dezembro de 2018
Diagramação Studio 3
Fonte Times New Roman PS | **Papel** Holmen Vintage 70 g/m²
Impressão e acabamento Orgrafic